아무튼 신앙

아무튼 신앙

발　행 | 2022년 11월 1일
저　자 | 이민정

펴낸이 | 임정은
펴낸곳 | 도서출판 책낸엄마
책임편집 | 임정은 (전자책제작소X강서여성인력개발센터)
디자인&홍보 | 유나 X 안나 (전자책제작소)
글/그림 | 이민정

출판사등록 | 2020년 5월21일 (제2020-000037호)
주　소 | 서울특별시 양천구 남부순환로 83-48 목동센트럴아이파크위
브
이메일 | writer0901@gmail.com.

ISBN | 979-11-92547-02-2(03000)

www.moomsbooks.co.kr

아무튼 신앙

36살 모태신앙 교회언니의
신앙 에세이

글 이아림
그림 이아빈

만든 이 이민정

영화를 공부했으며
방송작가, 동화작가지도사로 일했다.
36년간 꾸준히 교회를 다닌 모태신앙.
다년간 교회리더, 기독선교단체리더
유치부 봉사, 성극 등의 경험이 있다.

모든 좋은 것들을
쉽고 재밌게
표현하기 좋아하는 행위예술가.

이메일 checkminjung@naver.com

아무튼 신앙

내가 가장 사랑하고
내가 가장 열심히 해온 신앙생활.
하지만 신앙침체기도 종종 찾아온다.
이런 시기엔 하나님과 나의 추억을
돌아보는 것만으로도 큰 힘이 된다.
가장 뜨거웠던 그 시절부터–
첫사랑, 권태기, 성장기, 침체기
그리고 지금까지.
나의 신앙 이야기를 나눠본다.

아무튼, 신앙으로 버텨온 내 삶! :-)

목 차

1. 첫 만남

그날 오후, 내 방은 따뜻하고 포근한 노란 빛으로 가득 찼다. 한동안 그 공기에 가만히 안겨 있었다. 너무나 오랜만에 안도했다.

당시 내 삶은 너무나 불안정하고 어두웠다. 강력한 우울감이 나를 사로잡아 아무것도 할 수 없어 무기력하게 울기만 했던 그때, 그분이 나의 흐느낌을 듣고 찾아와 주셨다.

나의 힘듦을 많은 이들에게 얘기했었다. 가족들, 친구들, 선배들, 지인들에게. 나의 자책과 우울과 무력함은 가족들에게 상처를 주고 그들까지 힘들게 했다. 친구들에게는 나의 우울감이 전이돼 그들의 웃음까지 빼앗아버렸다. 지인들은 나를 나무라기도 응원하기도 훈계하기도 했다.

나의 힘듦은 사람이 감당할 수 없는 수준이

었나보다. 나의 투정과 우울과 자책은 듣는 이도 시들게 했으니까.

 내가 만난 하나님은 사람과 달랐다. 어떤 피드백도 없이 그저 묵묵히 들어주시고 가만히 안아주셨다.

 하염없이 울며 나의 마음을 모조리 쏟아냈던 그날. 나를 여과 없이 받아주고 꼭 안아준 이분은 과연 누구일까? 이 따뜻하고 포근한 느낌은 뭘까? 하나님이 궁금해졌다.

"무거운 짐을 지고 지친 사람은
모두 나에게 오너라.
내가 너희를 쉬게 할 것이다."
(마태복음 11:28 쉬운성경)

2. 신앙생활 스타트

모태신앙이었지만 하나님과 인격적인 만남은 없었다. 그저 친구를 만나기 위해, 국수를 먹기 위해 교회를 다녔다.

너무 힘들었던 고등학생 시절, 절박하게 내뱉은 나의 언어들은 기도가 되어 하나님의 귀에 닿았다. 나의 간절한 기도에 반응이 있었고, 그 따뜻한 응답에 관심이 갔다.

자발적으로, 능동적으로, 의욕적으로 교회에 가기 시작했다. 열심히 설교를 들었고, 마음 다해 찬양을 불렀다.

가끔은 성경 말씀에 마음이 뜨거워졌고, 찬양을 부르며 눈물을 흘렸다. 딱딱했던 나의 마음이 조금씩 녹고 있었다.

나의 온 감각이 하나님께 향했고, 시의적절

하게 그분의 메시지를 들을 수 있었다. 설교 말씀에서, 성경 구절에서, 찬양에서, 라디오에서, 책에서. 내가 궁금했던 것들, 알아야 하는 것들을 하나하나 알려주셨다.

"하나님께 가까이 나아오십시오.
그러면 하나님께서도 여러분을
가까이하실 것입니다."

(야고보서 4:8 쉬운성경)

3. 화목케 하시는 분

하나님을 향한 관심이 최고조로 올랐다. 교회뿐만 아니라 수련회도 열심히 참여했다.

하지만 한 가지 문제가 있었으니.. 수련회 갈 때마다 마주치는 한 여자 후배. 만날 때마다 불편하고, 눌리고, 힘들게 만드는 아이.

하나님은 나와 그 아이를 항상 같은 조로 묶어주셨다. 다른 조가 됐을 때도 다시 조가 바뀌어 결국엔 그 아이와 한 조로 됐다.

그 아이는 카리스마 있는 스타일이었다. 남자친구들도 많았고, 목소리도 크고, 도발적인, 그야말로 노는 언니.

나는 공동체 분위기를 흐리는 그 아이의 행동을 볼 때마다 불쾌하고 불편했다. 언니로서 딱 잘라 말을 해주고 싶은데 이러지도 저

러지도 못하고 늘 그 아이 앞에서 아무런 말
도 못 하는 내 모습이 너무 싫었다.

수련회 전날 밤, 내일 또 그 아이를 만나
시간을 보내야 하는 것이 두려웠다.

'하나님 내일 또 그 아이를 만나게 하실 거
죠? 그럼 저에게 힘을 주세요. 그 시간을 견
디고 하나님께 집중할 힘을 주세요.'

역시나 그다음 날, 그 아이와 같은 조로 만
나게 되었다.

서로의 기도 제목을 나누는 시간이었는데
그 아이와 일대일로 마주하게 됐다. 그렇게
강해 보이는 그녀가 눈물을 보이며 나에게
속마음을 내비쳤다. 우리는 각자 서로의 고
민, 기도 제목을 나누며 손을 잡고 기도했다.

그날 이후로 신기하게 그녀가 두렵지 않았다. 더 이상 무섭지 않았고, 눌리지 않았고, 밉지 않았다.

하나님은 이런 불편함과 선입견이 사라질 때까지 그 아이와 나를 계속 붙여놓으셨던 거다.

"여러분 쪽에서 할 수 있는 일이라면
모든 사람과 더불어 화평하게 지내십시오."

(로마서 12:18 쉬운성경)

4. 영적인 기도 : 신기한 체험

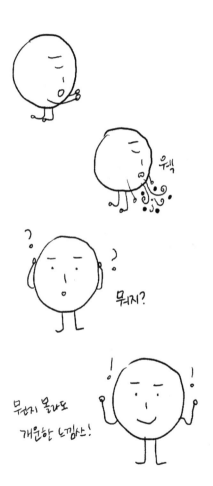

기억에 남는 고3 여름방학 수련회. 수련회 강사님이 불을 지펴주신 직후였다. 이 밤, 하나님을 꼭 만나라고!

수련회의 모든 프로그램이 끝난 후, 밤늦게까지 살아계신 하나님을 만나고자 매달렸다. 내 옆에 있던 친구는 영단어 1,000개가 안 외워진다고 눈물을 흘리며 기도하고 있었다. 결국, 그 친구는 영단어를 잘 암기해 외대에 진학했다.

당시 우울증이 심했던 나는 나 자신이 너무 싫었다. 진짜 기독교에서 말하는 '거듭남'을 경험하고 싶었다. 새롭게 태어나고 싶었다. 성경에서, 교회에서 늘 얘기하는 새사람이 되고 싶었다.

"주님! 저를 만나주시고, 지금의 저를 깨부

쉬주시고, 거듭나게 해주세요."

　지금의 내가 죽고 새로운 내가 되고 싶었
다. 이 우울하고 연약한 인간에게 제발 새로
운 삶을 허락해달라고 울부짖었다.

　꽤 오랫동안 기도를 했는데 갑자기 헛구역
질이 나왔다. 너무 놀란 나는 지금 이 현상
이 사단이 방해하는 거라면 멈추게 해달라고
기도했다. 계속 헛구역질이 났다. 늦은 새벽
이 다 됐기도 했고, 헛구역질이 계속 나와
그만 기도를 멈추고, 잠을 자러 갔다.

　수련회가 끝난 그 주일, 고등부 선생님께
수련회에서 기도하며 나타났던 증상들을 얘
기했다. 선생님은 깊은 기도를 할 때 그런
현상이 나타날 수 있다며 특히 '회개' 기도할
때 안 좋은 것들이 빠져나가면서 실제로 구

토하는 경우도 있다고 말해주셨다.

'내게서 안 좋은 것들이 빠져나간 건가..?'

이렇게 생각하니 기분이 좋았다. 하나님께서 내 기도를 들어주셨고, 꽤 효과적인(?) 기도를 한 것 같았다.

기도에 대해서 더 알아보고 싶었고, 더 깊은 기도를 하고 싶었다.

"나는 나를 사랑하는 자들을 사랑하며,
나를 찾는 자들이 나를 발견할 것이다."

(잠언 8:17 쉬운성경)

5. 영혼을 갉아먹는 우울증

언제부터였을까. 내 영혼을 갉아먹는 속삭임.

'넌 잘하는 게 하나도 없어.', '넌 왜 그 모양이니?', '왜 태어났니?'

그 은밀한 속삭임을 용인하면서부터 늘 아팠다. 몸도, 마음도.

고등학생 시절, 나는 깊은 우울감에 빠져있었다. 처음 경험해보는 좌절, 상처로 인해 정신을 차리지 못했고 결국 K.O 당했다.

엄마 아빠의 불화, 경제적인 어려움, 담임 선생님의 폭언, 친구로부터 받은 거절감, 수치심, 공부에 대한 스트레스. 이 모든 굴레가 한꺼번에 덮쳤다. 처음에는 그저 울고, 그다음에는 자책하고 그 이후에는 누워만 있다가 또 울었다.

우울감은 순식간에 내 삶을 지배하기 시작했다. 처음으로 살아갈 이유가 없다고 느꼈다. 이렇게 아무것도 못 하고 울기만 하는 인생이라면 그냥 빨리 천국에나 갔으면 좋겠다고 생각했다.

이런 힘듦을 사람들에게 얘기하며 의지해보기도 했지만 나아지는 게 없었다. 나는 하나님께 기도하기 시작했다.

온종일 기독교방송 라디오를 들었다. ccm을 즐겨들었고, 설교 말씀도 종종 들었다. 기독 서적도 많이 찾아보았다.

근원적인 물음들을 하기 시작했다. '나는 왜 태어났을까?', '나는 어떤 사람인가?', '나의 달란트는 대체 무엇인가 말인가'

"하나님! 절 왜 태어나게 하셨나요..."

위태로운 순간마다 하나님은 내 마음을 만져주셨다. 라디오에서 흘러나오는 찬양으로, 설교로, 책의 한 문장으로 나를 다독여주셨다.

맨날 울고 있었지만, 항상 기도했다. 마음이 어려울 때 찬양을 듣고, 성경에서 답을 찾고자 했다.

당장 삶이 바뀌진 않았지만, 하나님이 제시해주시는 말씀을 차곡차곡 마음에 새겨 놓았다. 바로 이행하지는 못했지만 그래도 말씀대로 살 수 있게 해달라고 기도했다.

"지혜로운 것들을 부끄럽게 하시려고
세상의 미련한 것들을 선택하셨고
강한 것들을 부끄럽게 하시려고
세상의 약한 것들을 선택하셨습니다."

(고린도전서 1:27 쉬운성경)

6. 짝사랑의 힘

나의 신앙생활에 있어서 지대한 영향을 끼친 한 인물이 있다. 3년간 짝사랑했던 교회 고등부 선생님. 하얗고, 키가 크고, 늘 좋은 향이 났던 우리 선생님.

고1 때 처음 만났던 선생님. 재밌고 따뜻했다. 노래도 잘 부르고 성격도 좋으시고 공부도 잘해서 많은 이들에게 신임받는 청년이었다.

아직 신앙심이 그리 깊지 않았을 때, 교회 가는 요인 중 하나가 선생님을 보기 위해서였다. 고등학생 때 삶이 하도 힘들다 보니 선생님을 좋아하는 거 자체가 힘이 됐다. 존재 자체만으로 큰 힘이 됐던 선생님. 존경과 선망과 설렘이 공존했던 내 마음. 선생님처럼 바르고, 재밌고, 멋진 사람이 되고 싶었다.

힘들 때마다 선생님을 생각했다. 그럼 이내
웃음이 번지고 기분이 좋아졌다. 선생님을
위해 기도도 많이 했고 꿈에도 자주 나왔다.
선생님에게 너무 몰입된 나머지 '하나님!'이
라고 시작해야 하는 기도가 선생님의 이름으
로 시작될 때도 있었다.

3년간 나의 짝사랑은 그의 싸이월드 염탐
으로 가득했다. 이 일방적인 사랑이 내겐 너
무 소중했다. 내가 버틸 수 있었던 중요한
요인 중 하나였으니까. 고등부 졸업 후 자연
스럽게 아름다운 추억으로만 남게 되었지만
말이다.

"서로 돌아보고 사랑을 베풀며
선한 행동을 하도록 격려합시다."

(히브리서 10:24 쉬운성경)

7. 재수, 회복의 시간

고등학생 시절, 우울증에 눌려 도저히 공부에 집중할 수 없는 상태였다. 수능 시험 후 다시 공부할 생각은 당연히 없었고, 그저 아무 대학에나 붙길 기도했다. 하지만 지원한 세 군데 대학에 다 떨어졌고, 나는 울며 겨자 먹기로 재수학원에 등록했다.

 예상과는 달리, 재수학원에서의 시간은 너무 재밌고 즐거웠다. 좋은 선생님들, 좋은 친구들, 공부할 수 있는 여건까지. 나는 학창 시절에 만끽하지 못했던 것들을 재수학원에서 경험했다.

 마음이 편해지니 밝고 쾌활한 본래 내 모습이 나왔다. 열심히 하지는 못했지만, 공부에도 집중할 수 있었다.

 친구들과 함께 공부하고, 밥 먹고, 수다 떨

며, 그렇게 평범한 학생으로 하루하루를 보내며 나는 조금씩 회복하고 있었다.

만약 이 1년의 시간 없이 아무 대학, 아무 학과에 진학했었더라면 분명 더 힘들었을 것이다. 하나님은 나에게 이 1년, 회복의 시간을 선물해주셨고, 조금은 더 건강한 모습으로 대학 생활을 시작할 수 있었다.

"내 생각은 너희 생각과 다르며
내 길은 너희 길과 다르다."
여호와의 말씀이다.

(이사야 55:8 쉬운성경)

8. 기독동아리의 만남 : 격한 환대

드디어, 캠퍼스 생활이 시작됐다. 말로만 듣던 캠퍼스의 잔디밭이 내 눈앞에 펼쳐졌다. 아담하고 예뻤던 우리 학교.

입학식 때 인상 깊었던 선배들이 있었다. 입학 축하 메시지와 함께 간식을 나눠주고 기타를 치며 축복송을 부르던 그 선배들. 나중에 알고 보니 기독동아리에서 신입생 축하 인사 및 동아리 홍보 차 나온 것이었다.

"환영합니다!"
"축복합니다!"

그 선배들의 따뜻한 인사말과 경쾌한 기타 선율, 그리고 귀여운 율동은 긴장했던 내 마음을 녹여주었다.

학교가 멀어 기숙사 생활을 시작하게 된 나는 동아리에도 관심이 있었다. 교회 친구의 추천으로 기독동아리에 들어가게 됐는데..
입학식 때 보았던 그 선배들이 있는 동아리
였다.

동아리 방에서의 첫 만남을 잊지 못한다.
복학생처럼 보이는 장발 머리 선배가 기타를
메고 신입생들을 향해 '축복송'을 큰 소리를
불러주었고, 환영의 춤으로 현란한 웨이브를
보여주었다. 후끈 달아오른 동아리방은 어색
함과 부끄러움과 따뜻한 공기가 공존했다.

"그리스도 안에서 한 형제로
서로서로 사랑하십시오.
나그네를 대접하는 일을
잊지 말기 바랍니다."

(히브리서 13:1-2 쉬운성경)

9. 문화충격, 첫 수련회

나름 모태신앙으로 다녀온 수련회만 하더라도 꽤 된다. 하지만 기독동아리의 대학선교단체 첫 수련회는 정말 특별했다.

많은 기독 청년들이 하나님을 믿는다는 공통점 하나로 모였다. 모두 다른 지역, 다른 삶을 살아 온 대학생들이었다.

첫 나눔이 시작됐다. 자신의 인생 그래프를 보여주며 어떤 삶을 살아왔는지 이야기했다. 너무도 적나라하고 솔직하게.

'이렇게까지 오픈한다고??'

놀란 마음을 진정시키며 다양한 인생 이야기에 경청했다. 정말 사연 없는 사람은 한 명도 없다는 말처럼, 저마다 깊은 속사정이 있는 듯했다.

한편으론 '어떻게 이렇게 아무렇지 않게 자신의 치부까지 얘기할 수 있지?' 의아했다.

그들은 그때의 아픔이 이제는 치유의 상처고, 은혜의 스토리이기 때문에 아무렇지 않게 말할 수 있다고 했다.

> "서로 죄를 고백하며 병 낫기를 위해
> 서로 기도해 주십시오.
> 의로운 사람이 기도할 때
> 큰 역사가 일어납니다."
>
> (야고보서 5:16 쉬운성경)

10. 내가 만난 공동체

하나님이 계시고 하나님이 훈련시킨 공동체는 무언가가 달랐다.

내가 다니던 교회는 잘사는 동네의 대형교회였다. 학벌 좋고, 재력 좋고, 외모까지 뛰어난 사람들이 많았다. 목사님도 엘리트 코스로 신학 공부를 해오신 박사님이고 정갈하고 고고한 분이셨다. 교회 분위기도 보수적이고 고풍스러운 느낌이 있었다.

반면에 대학에서 만난 기독선교단체 공동체는 학벌도 재력도 좋지 않고 아픈 지체들이 많았다. 하지만 그만큼 처절하게 하나님을 의지하는 분위기였다.

격식보다는 간절함으로, 가식보다는 솔직함으로 주님께 나아갔다. 나도 모르게 그 흐름에 맞춰 주님께 납작 엎드리게 되었다.

모교회에서 바른 신학을 배울 수 있었다면, 대학선교단체에서는 성령의 일하심을 경험할 수 있었다. 서로 다른 공동체를 통해 하나님의 다양한 색깔들을 맛보았다.

"하나님께 가까이 나아오십시오.

그러면 하나님께서도

여러분을 가까이하실 것입니다."

(야고보서 4:8 쉬운성경)

11. 소그룹 리더가 되다

나는 사랑 많은 탁월한 리더가 될 수 있을 줄 알았다. 하지만 나는 사랑도 없고 멋지게 리드할 에너지도 없었다.

처음에는 열정적이고 활기차게 소그룹 모임을 진행했다. 최대한 많이 듣고, 많이 조언하고, 소그룹 시간이 알차고 재밌는 시간이 되도록 노력했다. 하지만 열심을 낼수록 어긋나고 상처받고 버거웠다. 나와 맞지 않는 아이를 마주할 때, 이해되지 않는 행동을 볼 때, 상처받았을 때 나는 더 이상 그 지체를 사랑할 수 없었다.

'하나님! 저는 제가 사랑이 많은 사람인 줄 알았어요. 그런데 아닙니다. 저에겐 사랑이 없어요. 주님께서 도와주지 않으신다면 한 영혼도 품을 수 없습니다. 사랑의 주님께서 저에게 사랑을 가득 부어주세요. 그래야 리더의 직분을 감당할 수 있을 거 같아요.'

어느 날, 나를 힘들게 하는 어떤 한 아이를 보며 주님께 물었다.

'하나님! 저 아이도 주님께서 사랑하시나요?'
'사랑한단다...'
'......'

나는 어떻게 해야 할까?

팔딱거리는 자아를 죽여야만 사랑할 수 있다는 선배의 말. 그날 철저히 나 자신을 내려놓고 내가 죄인이라는 사실을 인정하며 나를 죽이고 주님을 초대했다.

나는 사실 모태신앙이었지만 내가 죄인이라는 사실을 잘 몰랐다. 큰 사고 안 치고 부모님 속 안 썩이고 그럭저럭 착하게 살아왔다고 생각했으니까.

하지만 내 마음 깊숙한 곳에는 너무나 더럽고 치졸한 안 좋은 생각들이 많았다. 겉으로는 늘 착한 사람의 가면을 쓰고 있었지만 내 마음속은 늘 지저분하고 외롭고 공허했다.

죄인임을 인정하니 주님이 오실 곳이 마련됐다. 나의 마음을 눈물로 씻어내고 주님의 포근한 말씀으로 채웠다.

나는 이제 더 이상 죄인이 아니다. 주님의 친구, 파트너다.

"이제 내가 너희를 더 이상
종이라고 부르지 않겠다.
종은 주인이 하는 일을 알지 못한다.
나는 너희를 친구라고 불렀다."

(요한복음 15:15 쉬운성경)

12. 십자가의 의미

하나님을 더 알아가고 싶었다. 하지만 아직
도 모르는 것 투성이었다. 성경 읽는 것 자
체도 어렵지만 읽으면 읽을수록 이해되지 않
아 난감했다.

특히 '십자가'의 사랑은 도저히 이해되지 않
고 와닿지 않았다. 기독교의 핵심이라고도
할 수 있는 그리스도의 죽음 그리고 그리스
도의 부활을 말이다.

수련회 전 QT(아침성경묵상책)를 하다가
십자가에 관한 말씀을 읽게 되었다.

'하나님! 이 십자가의 사랑, 그리스도의 죽
음 그리고 부활.. 잘 모르겠어요. 잘 이해되
지 않고 와닿지 않아요. 주님 알려주세요."

주님은 나의 기도에 신실하게 응답해주셨
다.

수련회에 오신 강사님이 십자가 복음에 대해서 말씀을 나눠주셨고 기도 시간 가운데 하나님께서 그 뜻을 알려주셨다.

예수그리스도는 세상의 죄를 감당하시고 우릴 위해 죽으셨다고 하는데 그게 나와 무슨 상관이 있나 싶었다.

하지만 그날 십자가의 의미가 내 마음에 와 닿았다. 어렸을 적 받은 상처, 이 상처를 준 사람도 죄인이고 상처를 오래 끌어안으며 내 안에 죄를 크게 만든 나도 죄인이라는 것.

결국 세상의 죄 때문에 내가 상처받았고 지금 내 안에 남아있는 상처 또한 나의 죄이고, 그 밖에 내가 자유하지 못하고 얽매어있는 수많은 더럽고 악한 것들, 이 모든 게 '죄'라는 생각이 들었다.

'나의 상처, 나의 슬픔, 나의 죄, 세상의 죄

악 때문에 주님이 죽으신 거구나.. 이 모든 것으로부터 자유케 하시려고 주님은 십자가에 매달려 죽으신 거구나.'

나는 눈물을 흘리며 가슴에 십자가를 그으며 그 의미를 되새겨 보았다. 그리고 모든 죄를 씻겨주시고 새 삶을 선물해주신 예수님의 부활을 묵상했다.

날 살리기 위해 죽었다가 부활하신 예수그리스도. 그 십자가의 사랑이 이해됐다.

"몸소 우리 죄를 짊어지고
십자가에 달려 돌아가심으로써,
우리가 더 이상 죄를 위해 살지 않고
의를 위해 살 수 있게 하셨습니다.
그리스도께서 상처를 입으심으로써,
우리가 낫게 된 것입니다."

(베드로전서 2:24 쉬운성경)

13. 우물가 기도

대학교 1학년 기독선교단체 수련회 때 일이다. 한참 혈기 왕성한 대학생들의 관심사에 맞춰 강사 목사님은 '이삭과 리브가' 성경 말씀과 '연애와 결혼'에 대한 주제를 나눠주셨다.

혹 여기 안에도 자신의 배우자가 있을지 모르니 우물가에서 리브가를 만났던 것처럼 우리도 이 수양관 아래 식당 정수기 옆에서 배우자 기도를 해보면 어떠냐고 제안하셨다.

목사님의 농담 반 진담 반 제안에 나는 귀가 확 띄어 정말 기도했더랬다. 당시에 관심 있던 아이를 놓고 '주님! 저 아이가 내 배우자라면 지금 오른손을 들게 해주세요.'라고.

무슨 일이 일어났는지 아는가? 지금 생각해도 신기해 웃음이 나온다. 그 기도를 마치자마자 내 앞에 앉아 있던 그 남자아이가 갑자기 오른손을 들고 머리를 긁는 것 아닌가. 두 눈이 휘둥그레지고 심장이 쿵쾅댔다.

'진짜 내 배우자라고?'

난 이 기도 응답을 마음에 간직하고 있었다.

수련회 이후 그 아이가 군대에 가고 그 아이를 향한 내 마음이 조금씩 희미해지고 있었다. 가끔 그때 기도가 생각나 리더 언니에게 조용히 상담을 요청했다.

사실 이러이러한 일이 있었는데 이 아이와 정말 결혼해야 하는 거냐고. 그러자 그 리더 언니는 크게 웃었다.

이런 기도는 마치 '주님! 저에게 말씀 주세요!'하고 갑자기 성경책을 펴서 아무 성경 구절이나 취하는 것과 같다고. 정말 그 아이가 배우자라면 앞으로 더 많은 확신을 주실 거라고 했다. 그리고 하나님은 생각보다 많은 만남의 기회를 주신다고. 조금 무거웠던 마음과 책임감을 내려놓고 안도했다.

'확실한 응답은 확실한 사인들이 있는 거구나. 앞으로는 장난식으로 기도하진 말아야겠다.'

"내가 어렸을 때는
말하는 것이 어린아이와 같고
생각하는 것이 어린아이와 같고
깨닫는 것이 어린아이와 같았지만
어른이 되어서는 유치한 것들을 버렸습니다."

(고린도전서 13:11 쉬운성경)

14. 하늘에 닿는 기도

기도하는 것을 좋아한다. 하나님과 대화하는 느낌이 들면서부터 더 좋아졌다. 하나님이 진짜 듣고 계신 것 같으니까 자꾸 대화하고 싶어졌다. 깊은 기도로 들어갈수록 내 영혼이 맑아지는 것이 느껴졌다.

대학 기독선교단체를 만난 이후 기도가 더 업그레이드됐다. 고등학생 때는 그저 울며 읊조리는 기도였다면 대학생 때는 힘 있고 능력 있는 기도랄까?

기독선교단체 집회에서 방언(성령에 의하여 말하는 언어)을 받고, 말씀 기도를 배운 뒤 더 파워풀한 기도를 할 수 있게 됐다.

그저 간구하고 부탁만 하는 것이 아니라 예수그리스도 이름으로! 말씀을 근거로! 힘있게 선포하고 기도했다.

실제로 방언 기도는 하면 할수록 기도가 깊어지며 내면을 강하고 담대하게 해주는 성령의 은사다.

물론 하나님은 어떤 형태의 기도든 진심을 다한 기도는 다 귀 기울여 주시지만 당시 내 기도는 더 파워풀한 기도로 업그레이드된 듯한 느낌을 받았다.

마음이 울적하고 흔들릴 때마다 방언 기도를 많이 했는데 효과가 좋았다. 나의 무너진 마음이 곧잘 회복되었고 다시 일어날 힘을 얻었다.

방언에 관해서는 다큐멘터리 감독 김우현 저자의 <하늘의 언어>, 전 통일부 장관 김하중 저자의 <하나님의 대사>의 책을 읽고 많은 영향을 받았다.

한번은 공동체와 함께 기도할 때였다. 정말 모두가 열심히 기도하고 있었는데 문득 너무 불필요한 말들을 많이 하고 있는 건 아닐까 생각이 들었다.

'목소리가 크다고, 열심히 한다고 해서 주님이 이 기도를 기쁘게 받으실까? 정말 주님께서 기뻐하시는 기도는 무얼까? 주님께 맑고 선명하게 올려지는 기도는 무얼까?'

나의 감정, 내 생각, 나의 욕심을 최대한 배제하고 주님의 방향성에 맞춰 기도를 드렸다. 내 생각이 너무 많고 강할 때는 많은 말을 하지 않고 그저 '주여~~~!' 주의 이름을 외쳐 불렀다. 그저 예수그리스도의 보혈로 내 마음을 씻었다. 이런 기도는 나의 어지러운 마음을 깨끗케 해줬다.

그 이후 맑고 깨끗한 언어들이 나왔다. 화려한 문구, 잡다한 욕심이 아닌 순수하고 순결한 단어들의 결정체. 그 영혼의 단어들이 하나님께 닿은 것 같은 느낌이 들었다. 이 기도는 분명 들으셨겠다는 확신이 있었다.

"기도할 때에 이방 사람들처럼
아무 의미 없는 말을 되풀이하지 마라.
그들은 많이 말해야
하나님께서 들어 주실 것으로 생각한다."

(마태복음 6:7 쉬운성경)

15. 기도부대 : 함께하는 기도

기독선교단체 수련회에서 기도부대에 지원한 적이 있었다. 기도부대에 지원하면 평소처럼 소그룹에 배정되는 게 아니라 기도부대 정원으로서 24시간 수련회를 위해 또는 주님께서 주시는 기도 제목으로만 기도한다.

보통 5박 6일 수련회가 진행되는데 수련회 전부터 수련회가 은혜롭게 잘 진행될 수 있도록 중보기도를 시작한다. 방해 요소가 없도록 날씨, 오가는 차량, 리더와 조원들의 안전, 강사님의 건강, 사소한 것 하나까지.

특별히 말씀 전하시는 책임 강사님의 성령 충만함과 담대하게 하나님의 말씀을 대언할 수 있도록 또 듣는 이들의 마음이 활짝 열려서 말씀을 잘 흡수하고 열매 맺을 수 있도록 기도한다.

수련회가 시작되면 본격적으로 기도에 몰입한다. 수련회 도중 중간중간 힘든 지체들이 기도부대에 오면 기도 제목을 듣고 중보기도를 해준다. 난 이 시간이 참 재밌고 행복했다. 하나님은 나 자신의 기도보다 남을 위한 중보기도에 더 기름 부어주시고, 잘 응답해 주신다.

기도부대에서 있었던 일이다. 수련회에 집중하지 못하고 하나님께 잘 나아가지 못하는 청년이 기도를 받으러 왔었다. 우리 기도부대는 이미 수련회 전부터 기도를 계속해왔고 기도부대 간사님의 인도하에 하나님의 마음을 받는 훈련을 계속해왔다.

함께하는 기도, 즉 공동체 기도에서 하나님의 마음을 잘 받기 위해서는 내가 철저히 낮아져야 한다. 나의 판단, 나의 추측, 내 생각을 철저히 내려놓고, 주님께 시선을 고정하고 겸손한 마음으로, 주님이 주신 마음으로 그 영혼을 중보해야 한다.

공동체와 함께 기도할 때는 나 혼자 열정적으로 기도하거나 나 혼자 소극적으로 기도하면 시너지가 떨어진다. 모두 한마음으로 겸손하게 주님께 시선을 맞추고 기도해야 모두가 동일한 마음을 받을 수 있다.

2008년 기도부대에서 그런 기도의 원리를 체험했다. 우리는 함께 기도했고, 함께 동일한 마음을 받았다.

공동체와 나 그리고 주님, 이렇게 서로 통했을 때 그 감동적인 순간, 정말 기쁘고 감사했다.

"너희 가운데 두 사람이

마음을 같이하여 무엇을 구하면

하늘에 계신 내 아버지께서

이루어 주실 것이다."

(마태복음 18:19 쉬운성경)

16. 개인 기도의 중요성

나의 리더는 항상 말했다. 공동체와 함께 기도할 때 기도가 잘됐다고 자신이 기도를 잘하고 있다고 생각하지 말라고. 정말 중요한 건, 개인 기도 시간에 하나님을 직접 만나야 된다고.

함께 할 때는 분위기도 도와주고 서로에게 힘을 받아서 기도하기 때문에 공동체 영성이 나의 영성이라고 착각할 수 있다. 리더는 나에게 그 부분을 경계하라고 했다. 그래서 나는 매일 개인 기도를 하려고 노력했다.

함께 사는 자취방이지만 베란다 한 귀퉁이에 작은 방석을 깔아놓고 개인 기도 자리를 만들었다. 나는 매일 그곳에서 하나님과의 추억을 쌓아갔다.

주님은 개인 기도 시간을 통해 깊이 만나주

시고 크고 은밀한 계획을 보여주신다.

개인 기도가 잘 쌓여야지 공동체나 사람에게 휩쓸리지 않을 수 있다. 하나님이 개인적으로 말씀하시고 이끄시는 방향이 각기 다르니까. 주님과 친밀한 관계를 늘 유지해야 하는 이유다.

"너는 나에게 부르짖어라.
그러면 내가 네게 응답하겠고
네가 전에 알지 못하던
놀라운 일들과 비밀들을 일러 주겠다."

(예레미야 33:3 쉬운성경)

17. 주님의 메시지를 담은 영화

영화과를 재학 중이던 나는 사실 기독동아리 활동으로 학과 수업에 잘 참여하지 못했다. 영화과의 진정한 수업은 수업 후 영화 제작 실습 때 시작되는데 나는 수업만 마치고 동아리 활동에 전념하다 보니 영화과 선후배들과의 친분도, 오후의 실전 공부도 제대로 쌓지 못했다.

하지만 졸업이 다가오니 영화 한 편은 꼭 만들고 졸업하고 싶단 생각이 들었다. 맨 처음에 공모한 '돌아온 탕자'를 각색한 시나리오는 지원에서 떨어졌고, 그다음 학기에 지원한 두 번째 시나리오는 통과돼 졸업 영화를 만들 수 있었다.

하나님께서 깨달음을 주신 내용으로 시나리오를 썼는데 나름 공감되는 부분이 있었는지 학과 사람들의 관심이 꽤 많았다.

당시 힘든 일이 있었는데 기도하면 할수록 더 화가 나고 분노가 치밀어 올랐다. 친한 선교사님에게 상담을 요청했다. 기도가 잘 안된다고, 기도하면 마음이 가라앉고 괜찮아지는 게 아니라 더 화가 난다고. 그랬더니 내 마음대로 기도하면 당연히 그럴 거라고, 나를 완전히 비우고 나의 감정까지 다 내려놓고 기도해보라고 조언해주셨다.

그랬다. 내 안의 감정에 충실한 채로 내 이성대로 사건의 시비를 가리며.. 나는 기도가 아닌 판단과 분노를 하고 있었다. 나의 모든 생각과 감정을 내려놓고 기도해야만 했다.

나는 다시 선교사님이 가르쳐준 대로 기도했고 그제야 내 마음이 자유해졌다. 이런 깨달음이 있고 난 뒤 '나를 버려야 자유해진다'라는 주제로 심리극 영화를 만들었다.

주님이 주신 메시지를 잘 표현하고 싶어 많이 기도하며 시나리오를 썼다. 수정 작업할 때도 중간중간 무릎 꿇으며 '어떻게 바꿀까요?', '어떤 식으로 사건을 진행할까요?' 주님과 의논하며 시나리오를 완성했다. 촬영감독, 배우, 미술팀, 녹음팀 등 스텝을 구할 때도 주님께 물었다.

당시에는 많이 어렵고 힘들었지만 돌아보니 다 은혜였다. 감독으로서 카리스마가 없어서 선배들이 많이 걱정했지만, 은혜로 기도로 제작을 잘 마쳤다. 신기하게도 내가 섭외하고 컨택하고 도움 준 이들 중에 크리스천이 매우 많았다. 주님이 인도해주신 거란 생각이 들었다. 제작된 영화는 학교 추천으로 지역 방송국에 초청되어 방송도 되고 나의 인터뷰까지 실리게 되었다.

"지혜가 부족한 사람이 있으면

하나님께 구하십시오.

하나님께서는 자비로우셔서

모든 사람에게

나눠 주시는 것을 즐거워하십니다.

따라서 여러분이 필요로 하는

지혜를 주실 것입니다."

(야고보서 1:5 쉬운성경)

18. 주님의 음성을 듣다

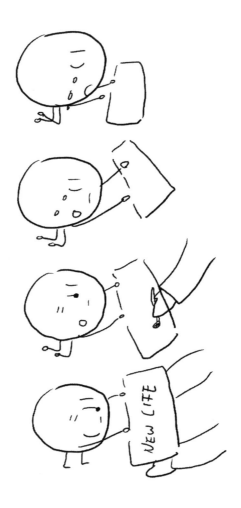

대학 4년간 취업 준비와 스펙 쌓기보단 신앙훈련에 몰두했던 나는 정작 졸업 시즌이 되니 불안해지기 시작했다. 가족을 포함해 주변에서도 우려 섞인 시선이 많았다.

하지만 나는 나 나름대로 자부심이 있었다. 책으로 학문으로 배울 수 없는 가치관, 세계관을 쌓을 수 있었기에, 공동체 생활을 하며 사람들과 관계 맺는 법을 배웠기에, 기도훈련을 하며 하나님과 관계가 깊어졌으며 무엇보다 신앙 선배들의 삶을 직접 보고 들을 수 있었기에.. 정말 감사했다.

마지막 수련회 때 다시 한번 주님 앞에 내 삶을 내어놓으며 결단하는 기도를 했다. 내 삶을 백지로 주님께 바쳤다.

'내가 구상하고 꿈꿔왔던 인생을 내려놓고 주님께 제 삶을 드립니다. 이 하얀 도화지에

당신과 함께 삶을 그려 나가길 소망합니다. 지금 제가 드릴 것은 없지만 보잘것없는 이 작은 몸뚱이와 할 수 있는 모든 달란트. 두 손 모아 주님께 드립니다.'

그리고 공동체를 위해 기도했다. 내가 이렇게 많이 배우고 성장할 수 있게 도와준 소중한 공동체. 선배들이 그러했던 것처럼 나도 후배들을 위해 기도했다. 이들이 작은 예수로 살아가길.. 나 또한 세상에서 작은 예수로 살아갈 수 있길.

그때였다. 주님께서 말씀해 주셨다.

'너는 내 것이다!, 너는 내 것이다!'

잠시 눈을 떠 뒤를 돌아보았다. 혹여나 내가 잘못 들은 것은 아닐까. 주변을 둘러보았지만, 그 누구도 나에게 얘기하지 않았다.

나는 다시 주님 앞에 나아갔다.

'주님이 정말 살아계시는구나. 그분이 나에게 말씀하셨구나. 나는 주님 것이구나.' 기쁨의 눈물이 흘렀다.

그리고 세 단어를 내게 보여주셨는데 당장은 무슨 의미인지 몰랐으나 훗날 나의 삶의 방향성이 되었다.

잊을 수 없는 마지막 수련회. 주님은 주님께 올인한 자들을 전적으로 책임져 주신다.

"내가 너희를 만들었다.
내가 너희를 구원하였으니 두려워하지 마라.
내가 너희 이름을 불렀으니
너희는 내 것이다."
(이사야 43:1 쉬운성경)

19. 취준생, 막막함 속에서 약속을 잊다

주님이 주신 힘으로 자신감을 갖고 졸업했지만 정작 현실 앞에서 무너진 나. 걱정과 불안과 조급함에 사로잡혀 약속해주신 세 단어를 잊어버리고 하염없이 바닥으로 내려앉았다.

'나는 무얼 할 수 있을까?', '나만 도태되고 있는 건 아닐까?', '빨리 취업해야 할 텐데...'

밤마다 기도 대신 한숨을 쉬며 막막한 안개 속을 헤매고 다녔다.

그러던 중 구직 사이트에 올려놓은 내 이력서를 보고 누군가에게 연락이 왔다. 아이들 대상으로 학습지 교사를 해보는 것 어떻겠냐고. 나는 고민도 없이 하겠다 했다. 당장 돈을 벌 수 있고 일할 수 있는 게 중요했다.

하지만 계획도 없이 꿈도 없이 조급하게 결정한 이 일을 오래 하지는 못했다. 나름 적성에 맞고 뿌듯한 일이었지만 마음 한구석이 불편했다.

'내가 진짜 하고 싶은 일은 이게 아닌데...'

안정감을 찾고 삶의 여유가 생기니 그제야 나를 돌아보게 되었다. 다시 하고 싶던 일이 떠올랐다. 주님이 내게 주신 세 단어도 기억났다. 내 삶의 방향을 바꾸고 싶었다.

작가가 되고 싶었다. 방송국 문을 두드리기 시작했다. 구인구직 사이트에 가서 원하는 프로그램의 작가 모집 공고에 지원했다.

떨리는 맘으로 연락을 기다렸다. 두 곳에서 연락이 와서 면접을 봤다. 한군데는 떨어지고, 나머지 한군데는 합격했다. 드디어 작가로 일할 수 있게 된 것. 비록 막내 작가지만 일할 수 있음에, 배울 수 있음에 기뻤다.

 스펙 쌓기보다 기독교동아리 활동을 많이 했던 나는 이번 합격 소식으로 지난 세월 핍박(?)의 상처를 말끔히 씻어낼 수 있었다. 가족들의 우려, 잔소리를 견디고 보란 듯이 방송국 막내 작가 일을 시작하게 된 것이다.

"나의 사랑하는 성도 여러분,
굳게 서서 흔들리지 말고
항상 주님의 일을 위해 자신을 드리십시오.
주님을 위해 일한 여러분의 수고는
결코 헛되지 않는 것임을
기억하시기 바랍니다."

(고린도전서 15:58 쉬운성경)

20. 쾌락, 멈출 수 없는 유혹

오직 열정 하나로 버텼다. 힘들수록 주님을 의지해야 하는데 동료들과 함께 술자리를 찾았다. 대학 시절 교수님 앞에서도 술을 거부했던 나였는데 지속적인 밤샘 작업과 여러 가지 스트레스로 나도 모르게 술을 찾은 것이다.

막내 작가 동료들과 분위기 좋은 바에 가서 이런저런 시답잖은 얘기를 하며 칵테일을 홀짝이는 그 시간이 너무 재밌었다. 동료들과 그렇게 밤을 보내며 막내 작가 생활을 견뎌냈다. 소주도 처음 마셔보고, 클럽도 처음 가보고.. 나는 그렇게 쾌락의 길에서 나의 힘듦을 마비시켰다.

여느 때처럼 제작사 사람들과 술 한잔하려고 가게에 들어갔다. 소주 첫 잔인데 목구멍으로 넘어가질 않았다. 한 모금에 구토가 나와 화장실로 달려갔다.

순간, 수련회에서 했던 기도가 생각났다. 세상에 나가서도 거룩하고 신실한 나실인으로 살아가겠다는 고백. 그저 그런 크리스천이 아니라 세상과 구별된 순결한 삶을 살아보겠노라고 주님 앞에 다짐했던 나의 모습이 떠올랐다.

한참을 울었다. 하나님께 죄송했다. 하나님 참 외로우셨겠다. 나는 지금 무엇을 즐기고 있는 것인가. 다시 나의 아버지를 찾아야겠다고 다짐했다.

"술 취하지 마십시오.
여러분의 영적인 삶을 갉아먹을 것입니다.
성령으로 충만해지도록 힘쓰십시오."

(에베소서 5:18 쉬운성경)

21. 너무 외로워

쾌락에 이어 외로움에 직면한 여자. 모태솔로로 살아온 지 언 26년. 많은 연인이 썸을 탈 동안 영성을 닦아온 사람. 그래서 남녀 간의 관계 맺는 법도, 이어가는 법도 잘 몰랐다. 갑자기 서럽고 무서운 생각이 들었다.

'이러다 평생 혼자 살다 죽으면 어쩌지? 난 독신주의도 아니고 사랑하는 사람을 만나 결혼하고 싶은데...'

일하지 않는 시간엔 멍때리며 곧잘 울었다. 너무 사랑하고 싶었다. 남들처럼 알콩달콩 연애하고 싶었다. 다정한 스킨십도 해보고 싶었고 무엇보다 내 곁에 의지할 만한 누군가가 필요했다. 정말 너무 외로웠다.

문득 떠오른 4명의 후보. 나름 친했다고 생각한 남자들이다. 그들에게 한 명씩 고백하기 시작했다. 무드도 없고 사랑도 없었다.
그저 솔직하게.

"나 너무 외로워.
우리 사이좋았는데 교제해볼래?"

지금 생각해봐도 너무도 무례했다. 다행인
지 불행인지 고백한 4명의 남성에게 다 차
였다.

너무 일방적이고 폭력적인 고백이라며 대차
게 찬 친한 후배, 단지 외로워서 교제하는
거라면 안 될 것 같다는 친한 친구, 내가 조
금도 여자로 안 느껴진다던 조연출, 이런 식
으로 시작하는 건 아닌 것 같다는 친한 오
빠. 섣부른 고백은 소중한 사람들에게 상처
를 주고 관계를 어색하게 만들었다.

나의 과감하고도 무례한 4번의 고백. 이 에피소드를 들은 내 친구는 나를 호되게 혼냈다.

"너 하나님이 곁에 없는 사람처럼 왜 그러냐?"

정신이 번쩍 들었다.

'아~ 나의 하나님, 나의 신랑. 나의 전부이신 주님. 내가 또 주님을 배제하고 나의 외로움에만 취해 있었구나. 주님은 내 삶을 책임져주시고 내 필요를 아시는 분인데.. 내가 또 주님을 신뢰하지 못했구나.'

친구에게 혼나고 나서야 내가 얼마나 성실하게 외로움을 즐겼는지 알게 됐다.

"내가 문 앞에 서서 이렇게 두드리고 있다.

만일 누구든지 내 음성을 듣고 문을 열면,

내가 그에게로 들어가

그와 함께 먹고,

그도 나와 함께 먹을 것이다."

(요한계시록 3:20 쉬운성경)

22. 일, 도망자의 삶

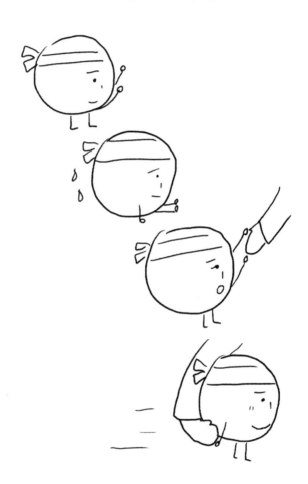

어찌저찌 작가 일을 연명하고 있었다. 7년간 총 16번의 이직. 16번의 퇴사와 함께 나의 실패감은 점점 더 커졌다. 거의 도망자처럼 회피하듯 일을 그만두었으니까.

시작보다 끝이 더 중요하다고 말씀하신 주님. 하지만 나는 체력적으로 관계적으로 힘들어서, 열등감, 피해의식, 사소한 상처 등으로 일의 끝을 잘 맺지 못했다.

문제가 생기면 해결을 하고 넘어가야 하는데 말하기 두려워서, 문제를 직면하기 무서워서, 때론 귀찮아서 회피하거나 억누르다가 나중에 돼서야 터져버렸다.

퇴사 후 나를 돌아보는 대신 또 다른 일을 구하며 다시 일을 시작했다. 공백 없이 일한 나의 이력은 스펙터클 했지만, 나의 자존감은 나락으로 떨어졌다.

　실력을 다지기보다 조급함으로 경력을 쌓아
온 나의 작가 이력은 상처뿐이었다. 물론 좋
은 기억과 경험도 있지만 주님이 아닌 나로
시작과 끝을 맺으면서 나의 이야기는 세드
엔딩으로 끝나버렸다.

"일의 끝이 시작보다 낫고,

인내가 마음의 교만보다 낫다."

(전도서 7:8 쉬운성경)

23. 나의 부르심

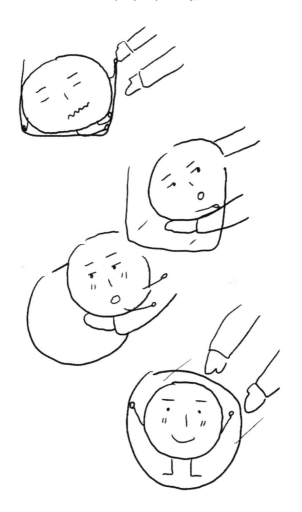

일이 너무 힘들어서 잠시 '선교사'를 생각해 보기도 했다. 믿음과 부르심으로 감당해야 할 일인데.. 나는 오만하게도 회피성으로 선교단체로 도망갔다.

대학선교단체 졸업 시즌쯤에 주님께서 사역자보다는 세상 밖으로 나가라는 사인을 주셔서 줄곧 세상 속에서 나의 비전을 찾고 꿈을 이뤄나가고자 했다.

하지만 어느 순간부터 나의 힘으로 버티다 길을 잃고 부르심도 까먹고 결국 기독공동체로 숨어버렸다.

주님은 다시 나를 이끌어내셨다.

다시 삶의 방향성을 재조정해야 했다. 회피한 것을 회개했고 '저는 선교사가 아닌 일상에서 주님을 전하겠습니다.'라고 고백했다.
그리고 이제 나에게 꼭 맞는 한 사람을 허락
해달라고. 제 스타일이 아닌 주님께서 허락
하신 배우자를 만나길 원한다고 기도했다.

"내가 아직 목표에는 이르지 못했으나
여러분에게 한 가지 자신 있게
말씀드릴 수 있는 것은
내가 과거의 것은 잊어버리고
앞에 있는 목표를 향해
힘껏 달리고 있다는 것입니다."

(빌립보서 3:13 쉬운성경)

24. 배우자, 나에게 허락된 한 사람

늦은 저녁 교회에서 기도하고 불을 끄고 나오려던 순간 '카톡!' 핸드폰이 울렸다. 순간 직감했다. 하나님이 보내주신 그 한 사람을 만날 때다!

아니나 다를까. 교회 언니의 소개팅 권유 톡이었다. 나하고 어울릴 것 같은 사람이 있는데 한번 만나보라고. 나는 고민 없이 바로 만나보겠다고 했다.

서로에게 번호를 알려주고 처음 그의 카톡 상태명을 보았을 때 또 한번 확신했다. 하나님이 허락해주신 사람 맞구나.

오래전부터 나의 배우자 기도 제목은 단 두 개였다. 하나님을 사랑하는 사람, 그리고 나를 사랑하는 사람

[카톡 상태명 : 하나님을 사랑하는 한사람]

'하나님을 사랑하는 한사람이라니...'

그는 내가 찾던 한 사람이었다.

"구하라, 그러면 너희에게 주실 것이다.

찾아라, 그러면 발견할 것이다.

두드려라, 그러면 문이 너희에게 열릴 것이다."

(마태복음 7:7 쉬운성경)

25. 사랑한다면 혼전순결

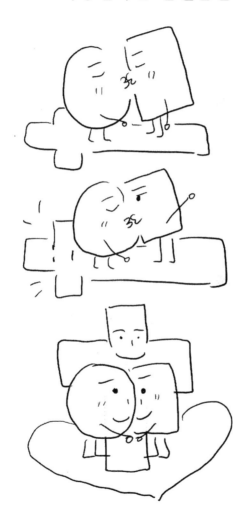

내가 이렇게 스킨십을 좋아하는지 몰랐다. 남자친구도 당황했다. 29살까지 죽어있던 내 응큼세포는 첫 연애와 동시에 폭발적으로 번식했다. 첫 키스의 짜릿함, 스킨십의 그 다정함. 그 기분 좋은 흥분과 설렘. 나는 더 즐기고 싶었다.

우리의 데이트는 어느 순간부터 대화보다 스킨십이 많아졌다. 그래도 1박을 한 적은 없고 선을 넘은 적도 없었다. 하지만 내가 너무 스킨십을 좋아했고 그에게 스킨십을 유도했으며 결과적으로 그를 너무 힘들게 했다.

어느 날 그가 말했다. 우리 너무 많이 스킨십을 하는 거 같다며 자신의 생각과 힘듦을 토로했다. 이제는 '어두운 곳 금지! 과한 스킨십 금지!'라고 공포했다.

처음에는 섭섭하기도 하고 그의 사랑을 의심하기도 했다. 하지만 지금 돌아보니 그가 나를 지키기 위해 또 본인을 지키기 위해 지혜롭게 대처했다고 생각한다.

그가 공포한 이후 우리의 데이트는 다시 건강해지기 시작했다. 더 많은 대화를 나누고 우리의 문제뿐만 아니라 주변의 상황도 살피고 무엇보다 주님께서 우리 커플에게 바라시는 바에 더 집중할 수 있었다.

"모두 결혼을 귀하게 여기십시오.
남편과 아내는 그들의 결혼을
깨끗이 유지해야 합니다."

(히브리서 13:4 쉬운성경)

26. 주님이 주신 보상

2017년부터 기독교방송국에서 작가 일을 했다. 마음이 편했다. 함께 일하는 사람들도 좋고 메인도 아니고 서브로 서포트만 잘하면 됐기에 부담도 없었다. 성실히, 열심히 일했다.

어느 날 피디님이 나를 불렀다. 하는 일이 많고 일도 잘하고 있어서 페이를 올려주고 싶다고. 작가 일을 하면서 내가 먼저 페이를 올리려고 딜을 했지 이렇게 먼저 페이를 올려준 건 처음이었다.

높아지고자 하면 낮아지고 낮아지고자 하면 높여주시는 주님. 말씀 그대로 내가 애쓸 때는 어려웠던 것들이 내 힘을 빼면서 자연스럽게 이루어졌다.

**"자신을 높이는 사람은 낮아질 것이고,
낮추는 사람은 높아질 것이다."**
(마태복음 23:12 쉬운성경)

27. 무릎 꿇을 때

모든 크리스천이 다 성숙하진 않다. 다 죄인일 뿐. 조금씩 성장하고 변화되려고 노력할 뿐이다.

***방송국에서도 의사소통이 너무 힘든 피디를 만나 고생을 했다. 통화할 때마다 얘기할 때마다 말을 툭 끊고 명령조로 지시하며 자기주장이 너무 강했던 사람. 나도 '그러려니' 하면서 일을 해야 하는데 그 피디와 얘기하고 나면 상처받거나 분이 나서 일에 집중할 수 없었다.

또다시 회피하거나 일을 그만두고 싶진 않았다. 잘 해결하고 싶어 무릎 꿇고 기도했다.

"주님 또 사람이 너무 힘듭니다. 어렵습니다. 저 상처받았어요. 무례하단 생각이 듭니다. 제가 어떤 마음을 먹고 어떻게 대처해야

겠습니까? 옳은 방법이 있다면 알려주십시오."

<네가 나를 사랑한다면 내 양을 먹이라>

주님은 이 말씀을 내게 떠올려주셨다. 말씀을 받고 나니 신기하게도 마음이 편안해졌다. 다시 차분하게 일에 집중할 수 있었다.

훗날 그 피디님과 얘기할 기회가 있었는데 다행히 서로의 입장을 잘 얘기하며 풀어 갈 수 있어 감사했다.

"내가 보는 것은 사람이 보는 것과 같지 않다.
사람은 겉모양을 보지만
나 여호와는 마음을 본다."

(사무엘상 16:7 쉬운성경)

28. 너무 약해 vs 너무 존귀해

사랑하는 지인이 내게 말했다.

"넌 너무 약해. 그래서 너를 의지할 수 없어."

나는 그녀에게 힘이 되는 존재가 되고 싶었는데 그런 말을 듣고 나니 기운이 빠졌다. 아니 와르르 무너졌다.

"그래 맞아. 난 너무 약해. 루저야. 실패자 같아.."

작은 자극에도 쉽게 상처받는 나의 예민함이 싫었고 쿨하게 털어버리지 못하는 나의 유약함이 싫었다.

그녀가 홧김에 한 말인데 너무도 많이 되새기고 마음에 담아두었다. 한동안 실패감에

젖어 헤어 나오기 힘들었다. 한번 그렇게 생
각하니 내 삶 전체가 실패한 것처럼 느껴졌
다. 너무도 볼품없는 모습으로 느껴졌다.

주님은 남뿐만 아니라 나 자신도 함부로 판
단하지 말라고 하셨는데.. 너무도 쉽게 자학
하고 나 자신을 불필요하게 여겼다.

"우리가 하나님의 말씀을 듣는 것과
여러분의 말을 듣는 것 중에
하나님께서 보시기에 어느 것이
더 옳은 것인지 한번 판단해 보십시오."

(사도행전 4:19 쉬운성경)

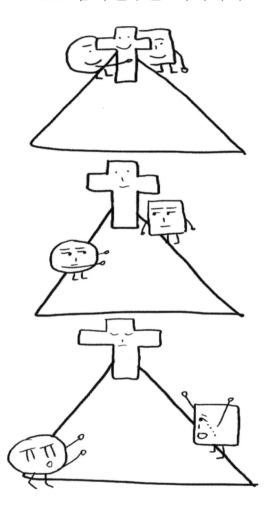

힘들 때마다 하나님이 아닌 남자친구를 의지했다. 그때부터였을까. 빨리 결혼하고 싶었다. 내 삶이 그로 인해 안전해질 것 같단 생각이 들었다. 나의 가정, 나의 남편 그 울타리 안에서 안정감을 누리고 싶었다. 하지만 나의 과한 의존과 요구는 남자친구를 힘들게 만들곤 했다.

그는 하나님이 아닌데 그에게 무조건적인 사랑과 용납을 원했다. 급기야 교회도 옮기고 말았다. 한참 예민하고 힘들 때 혼자 다니던 교회를 나와 남자친구의 교회로 옮긴 것이다. 이번엔 남자친구에게 회피한 셈이다.

교회 공동체도, 내 인생의 중요한 결혼도, 내 삶도 순식간에 모든 기준이 남자친구가 됐다. 그때부터 많이 싸웠던 것 같다. 불균형한 연애는 서로를 불행하게 만든다.

그럼에도 불구하고 나를 용납하고 사랑해준 지금의 남편.

우리 집 앞 놀이터에서 싸우다가 결혼 날짜를 정한 게 기억난다. 아직 준비가 덜 된 남자친구에게 빨리 결혼하고 싶다고 닦달한 여자친구.

기도의 응답으로 시작된 만남이었지만 중요한 순간에 또 내가 모든 것을 망치지는 않을까 걱정이 됐다.

**"사람을 두려워하면 올무에 걸리지만,
여호와를 신뢰하는 자는 안전할 것이다."**

(잠언 29:25 쉬운성경)

30. 결혼 그 이후의 시간

그럼에도 불구하고 많은 이들의 사랑과 축복 속에서 행복한 결혼식을 치렀다.

집이나 돈이나 화려한 결혼은 필요치 않았다. 그저 그와 빨리 가정을 이루고 나는 행복한 결혼 생활을 하고 싶었다.

작은 전셋집을 얻어 신혼생활을 시작했다. 너무 행복했다. 작은 공간이었지만 아기자기하게 신혼 방을 꾸며놓고 그림을 그리고 글을 쓰며 남편을 기다렸다.

이제 막 회사에 입사해, 바쁜 부서 업무에 적응하느라 정신없었던 우리 남편. 너무 바빠서 거의 주말에나 얼굴을 제대로 볼 수 있었다. 처음엔 너무 서운하고 힘들었지만, 그 시간이 나에게 필요한 시간이었음을 안다.

오랜만에 그 고독의 시간을 즐겼다. 혼자 말씀을 읽고 책을 보고 그림을 그리고 글을 쓰며 나를 돌아보는 시간을 가졌다.

"기도할 때에 골방에 들어가 문을 닫고,
숨어 계시는 네 아버지께 기도하여라.
숨어서 보시는 네 아버지께서
네게 갚아 주실 것이다."

(마태복음 6:6 쉬운성경)

31. 그림책과의 만남

나를 돌아보는 시간은 정말 중요하다. 내가 어떤 상태고 앞으로 어떻게 해야 하는지, 내가 무엇을 하고 싶은지 좀 더 깊이 있게 들여다볼 수 있다. 지난날을 돌아보며 많은 것을 정리해보았다.

그림책에 관심이 생겼다. 혼자 있는 시간에 자주 그림을 그렸는데 너무 재밌고 힐링 됐다. 작가 일을 하면서 긴 글 보다는 짧은 글, 라디오 멘트를 더 잘 썼는데 그런 맥락에서도 그림책이 나와 잘 맞을 것 같았다.

우연히 동화작가지도사 자격증을 알게 됐다. 기도 후 자격증 클래스를 신청했고 하나님께서 이 과정을 축복해주실 거란 마음을 받고 수업을 듣기 시작했다.

정말 좋은 선생님을 만났고 생각보다 길이

쉽게 열렸다. 자격증을 따자마자 초등학교에서 그림책 진로 수업을 진행했고 블로그를 통해 지속해서 강의 요청이 들어왔다.

틈틈이 아는 선생님들과 그림책을 공부했지만 그림책에 대한 전문성도 없고 그렇다고 글 작가로 자신도 없었다. 원하는 콘텐츠를 만드는 것도 아니고 그림책 강의를 하는 게 목적은 아니었기에 정체성이 흔들렸다.

아직 준비가 안 돼 있었는지 강의 요청이 들어오면 너무 힘들었다. 차라리 따로 그림책 공부를 하며 나만의 동화를 습작하는 편이 더 자신 있고 행복했다. 수업은 잠시 중단하고 다시 나의 방향성을 점검하고자 했다. 하나님이 허락해주신 좋은 기회였지만 나에게 더 맞는 일을 찾고 싶었다.

"여호와여, 주께서 지금까지 나를

살피셨으니 주는 나를 알고 계십니다."

(시편 139:1 쉬운성경)

32. 아기, 한 생명이 주는 기쁨과 활력

결혼 1주년이 지난 후 아기를 가졌으면 좋겠다는 생각이 들었다. 우리 부부는 몇 개월 동안 기도했고 하나님께서 새 생명을 허락해 주셨다.

처음엔 모성애도 없고 아기를 케어하는 게 너무 어렵고 두려웠다. 하지만 아기와 소통하며 하루하루 커가는 모습을 보면서 나도 엄마가 되었다.

지금 아기를 향한 내 마음은 헤아릴 수 없이 커졌다.

아기가 성장하며 엄마의 죽었던 세포도 하나하나 깨어나기 시작했다. 내 굳어진 정서, 멈춰있던 생각, 잊었던 꿈 등등. 하고 싶었던 일들을 하나하나 적어보았다. 갑자기 설레기 시작했다.

생명은 기쁨을 주고 내 삶에 활력을 불어
넣어주었다.

"자녀들은 여호와께서 주신 상급입니다."

(시편 127:3 쉬운성경)

*에필로그

구하고, 찾고, 두드리면
만나주시는 분이 계시다.
늘 같은 자리에서 기다리고 계신 주님.

다만 내가 게으르고,
다른 것을 더 좋아하다 보니
주님과의 관계가 소원해졌다.

돌아보니 주님과 관계가 가장 좋을 때
나의 상태도 가장 좋았다.
주님이 늘 곁에 계시고 답해주시니
고민도 없고 늘 자신감이 넘쳤다.

하지만 주님이 아닌 다른 것으로
나를 채우면서부터
어느 순간 주님의 음성이 들리지 않았다.

나는 다시 고민이 많아졌고
자신감이 떨어졌다.

다시 복음으로 돌아갈 때이다.
아무튼 신앙, 그 길을 걸어가자!